叶尔羌河

刘伟冬 著

中国美术学院出版社·杭州

序言

  我为什么会为远在新疆的叶尔羌河写一首长诗,个中的原因我自己也说不明白。我只能说,艺术的创作有时候需要原因,有时候又不需要原因。

  我曾游历过许多伟大的河流,我的出生地南通市和现在的工作地南京市都在长江之滨,分别位于南北两岸。长江对我成长的影响可谓深入骨髓,我的确也写过一些关于长江的诗歌,而且从小就写。但如此倾心地以长诗的形式写一条河流,对我来说却是第一次。那么,叶尔羌河是怎样汩汩地流进我的心田,汇入我的脑海的呢?自然,这与我几年前在新疆的一次旅行是分不开的。

  那是2018年的夏天,记得当年我们坐车从喀什出发,沿着喀喇昆仑公路,也就是人们常说的中巴友谊公路，经过塔什库尔干，最后一直到红其拉甫口岸，全程四百多公里。如果再继续往东南方向沿着泥石公路走上二十公里，就会邂逅叶尔羌河。我第一眼看到的叶尔羌河呈现纯净的湖蓝色，比天空还要纯净，仿佛给人一种不真实的感觉。当时我对这条河流可以说一无所知，我不是那种善于做出行攻略的人。听向导朋友介绍，这是一条向北流的河，也是喀什地区最大的河流，最终流进了茫茫的塔克拉玛干沙漠，流进了塔里木河。也就是这样的一眼之缘，朋友的这么一言，我竟是一见钟情，记住了它的名字，也记住了它令人难忘的模样。新疆有许多河流，为何我会钟情于叶尔羌河，我真的说不清楚。

回到南京后，我就开始寻找有关叶尔羌河的资料，功夫不负有心人，还真就找到了一些，其中包括小说、诗歌集、历史书籍、报告文学、科考报告和一些未曾正式出版的内部资料。当然，还有三集拍摄得非常精彩的电视专辑。通过认真地阅读和反复地观看，我对叶尔羌河的认识和了解加深了，也越来越觉得这条河流的意义非同凡响。同时，这些阅读和观看也让我对叶尔羌河模样的想象和描述有了更坚实的基础。六年来，一条既清晰又模糊的河流一直流淌在我的梦中，有时候我甚至会认为叶尔羌河是我想象出来的一条河流。于是，我在2023年花了整整一个月的时间，写出了长诗《叶尔羌河》，写作的过程还是比较流畅的，有很多部分真的是出自我的想象。但我自信我的想象符合这条河流的本性和气质。

有趣的是，一旦我的想象最终落实成了文字，这条河流就再也没有在我的梦里流淌过，它开始流淌在我的诗里。

在这里我想要感谢袁由敏教授为这本诗集做了整体的设计，他淳朴唯美的设计风格使诗歌的阅读成为一种更美好的享受。感谢李小光教授为诗集绘制了精美的插图，他的作品不仅具有独立的审美价值，而且使我的文字有了图像的依据和印证。

是为序。

目录

序言

5
大河之源

17
月下的河谷

29
一条神性的河

43
大洪水

61
曾经的淘金客

83
玉石与星空的对话

101
胡杨树林

119
刀郎人

135
叶城传奇

159
大河之变

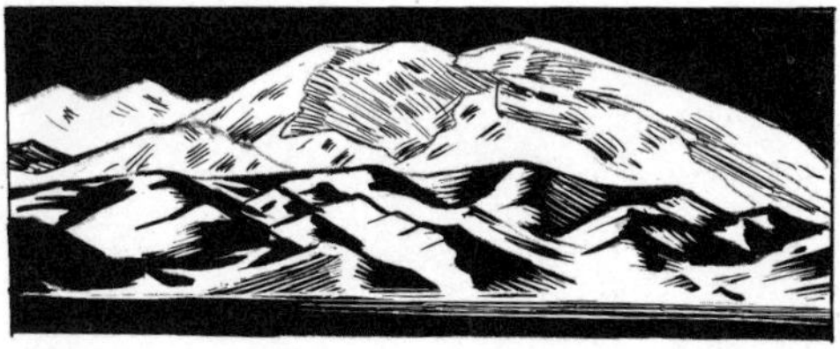

大河之源

啊

叶尔羌河

一条有着传奇故事的河

一条拒绝大海拥抱的河

一条决心把戈壁沙漠

变成绿洲的河

你的出身

高贵而纯正

万山之祖

万水之源的喀喇昆仑山脉

是你伟大的母亲

高大雄伟的乔戈里峰

是你居住的巍峨宫殿

延绵百里的音苏盖提冰川

静穆纯净

是你高贵身份的背书

你一指擎天

行走在缥缈的云端

以一种高冷的眼神

睥睨天下

又用热切的目光

与太阳对视

沐浴在永恒的光芒之中

你留住了热度

消融了玉肌

坚冰变成了水滴

水滴汇成了涓流

你仿佛是接受了神的旨意

准备用一腔的血涌

带着太阳的基因

到最荒凉贫瘠的土地上

孕育生命

你是山的血液

激情澎湃

奔涌不息

在亘古寂静的群山深处

在深不可测的陡峭谷底

洪荒创世的激流之声

昼夜响彻

仿佛是来自地核的心跳

你一路向北

一路冲刺

一路咆哮

在卡群跃出大山后

你来到了茫茫的塔克拉玛干

面对无边无际的不毛之地

你没有绝望

也没有犹豫

抱着赴死的决心

给自己立下了誓言——

不能彻底地改变戈壁沙漠

使它变成汪洋大海

那么戈壁沙漠

也休想阻止我的脚步

我会以柔克刚

以曲求伸

就在这样恒久的刚柔博弈中

绿洲出现了

生命繁衍了

庄稼发芽了

果树成林了

歌声也响了起来

优美的舞姿

伴随着木卡姆的旋律

和手鼓的节奏

在奔涌的浪尖上

飞扬晃动

这条自然和历史的长河

创造了辉煌

也带来过苦难

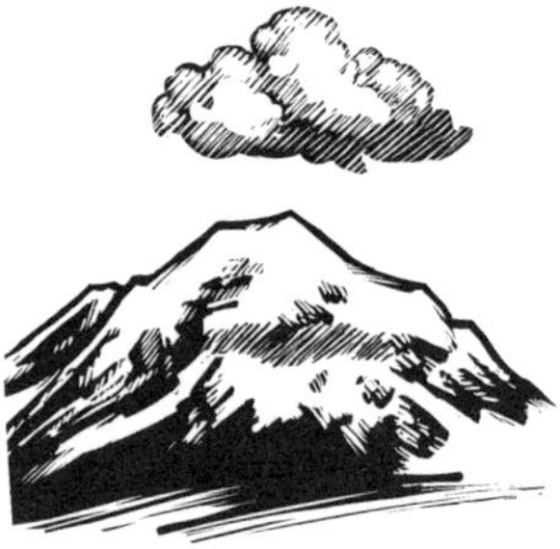

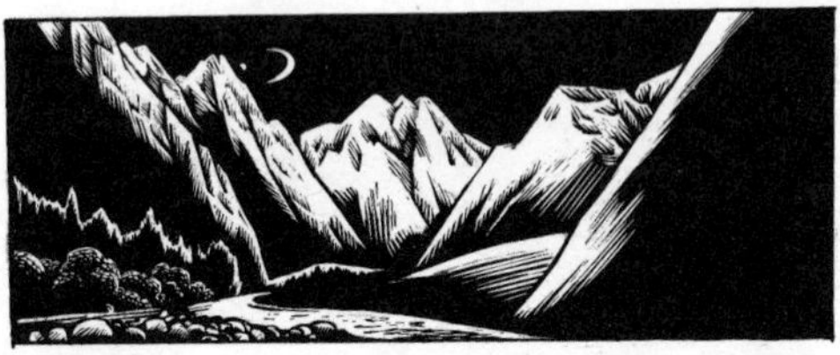

雄浑的喀喇昆仑山

沉睡了

黑蓝色的夜空

被陡峭的山峰

切割成不规则的几何形

闪烁的星星

犹如无数发光的字母

在天幕上拼写出

关于宇宙和时空的密码

巨蟹、射手

鹑首、析木

北斗七星

还有弯月射天狼

都是传说

都是天机

巨大的山体蜿蜒相对

右边的山峰

背着月光

黝黑滞重而陡峭

像一个个

顶天立地的钢铁侠

巨大的黑色剪影

透射着

令人窒息的压迫感

而左边的山峰

沐浴着月光

映显出山的细节

峰顶的白雪

犹如飘浮的云朵

被照耀得

比月色还要惨淡

这种白

即便在漆黑的午夜

也不会黯然失色

与相对的山峰

形成了强烈的黑白之辨

轻重之分

像世界的两极

又如同一张

巨幅的黑白抽象版画

立于天地之间

凹凸荒芜的岩壁上

无数的砾石

闪闪发亮

与天上的星星

交相辉映

仿佛是对写满天幕的密语

做出了大地的回应

此时此刻

延绵的高山

沉睡的大地

闪烁的星空

峡谷的长风

淘金客的帐篷

明灭的篝火

还有凝冻的月色

都悄然无声

只有叶尔羌河

在黑暗中喧嚣奔涌

清冽的空气

凝重的夜色

相互纠缠

像一团团旋转的黑洞

最终

吞噬了激流的声响

在这死寂之地

河流的喧嚣

算是仅存的第三种声音

还有另外两种

一个是你的呼吸

一个是我的心跳

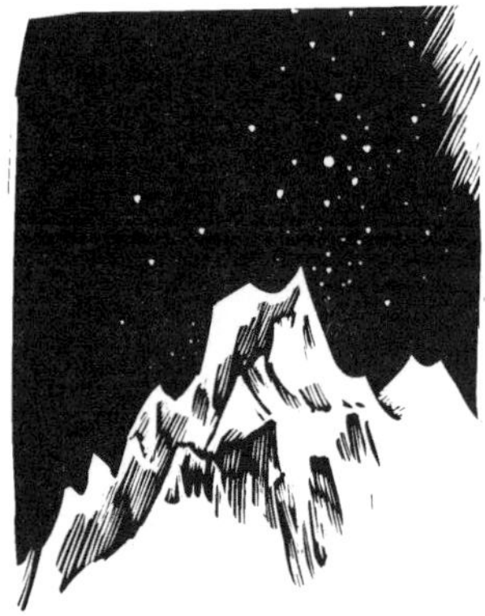

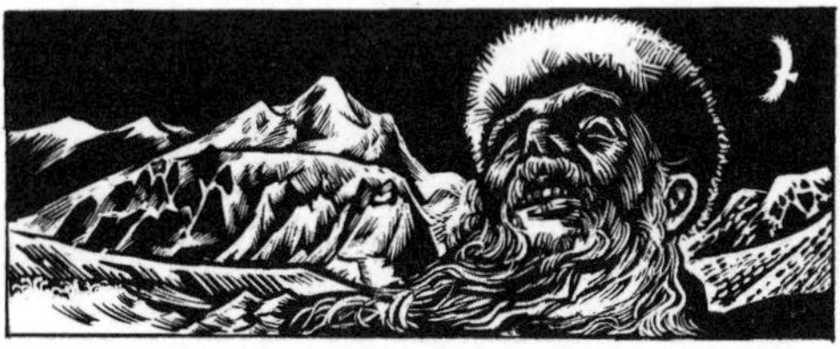

叶尔羌

在维吾尔语中

是指有着广阔田野的地方

在茫茫的戈壁沙漠中

人类临水而居

草木临水而生

有了水

才会有生命

才会有广阔的田野

才会有幸福家园

在叶尔羌河的沙漠绿洲里

流传着一个故事

它口耳相传

绵延不断

只要你在这条河上摆过渡

就一定会听到这个传说

船工努尔·库尔班

如今已是一位耄耋老人

退休前

他一直在叶尔羌河上

摇踩他的摆渡船

年复一年

日复一日

迎来送往

日出日落

看惯了河里的清流和浊浪

也看懂了渡客的欢乐和悲伤

闲暇时

他静得像一尊雕像

蹲坐在岸边

深情地遥望着远处的雪山

仿佛是在凝视着

一位洁白美丽的姑娘

工作时

他活力四射

除了奋力摇橹

总是喋喋不休地

向来往的渡客

讲述着同一个故事——

很久以前

一个名叫叶尔羌的年轻人

为了给塔克拉玛干沙漠

这一块死亡之地

寻找水源

他不畏艰险

踏遍了喀喇昆仑山

最险峻的山峰

乔戈里峰

布洛阿特峰

斯潘德峰和皇冠峰

他的赤忱和执着

他眼里的绝望之影

和希望之光

感动了山神

于是赐予了他

一个装满了清水的宝葫芦

并告诉他说

站在高山之巅

把瓶里的水倾倒出去

水溅之处

就会有汩汩的泉水涌出

他这样做了

结果却让他失望

泉眼很小

水势很弱

就像他痛苦时

掉落在沙漠上的眼泪

这个勇敢的年轻人

舍身一跃

跳下了悬崖

身落之处

突然激流奔涌

形成了

一条波浪翻滚的大河

为了纪念他的英勇壮举

人们就把这一条河流

叫作叶尔羌河

它流经的地方

就有了生命

有了歌声

有了广阔的田野

也就有了

维吾尔族人的这首英雄史诗

生活在慕士塔格冰峰下的

塔吉克族人

又有他们自己的神话

他们心目中的水神

是一对年轻的恋人

这对恋人在喀喇昆仑山上

不辞辛苦

挖渠引水

最终累死在了那里

养育了万物生灵的叶尔羌河

就是他们开凿而来

为了表示爱戴和尊崇

人们将他们合葬于河畔

他们牺牲的日子

被当成神圣的引水节

每年春天

都要举办隆重的典礼

人们赛马

分馕饼

马背叼羊

挖沟引水

载歌载舞

以祭神的方式

让他们心目中的英雄

永生不朽

这一盛典

代代相传

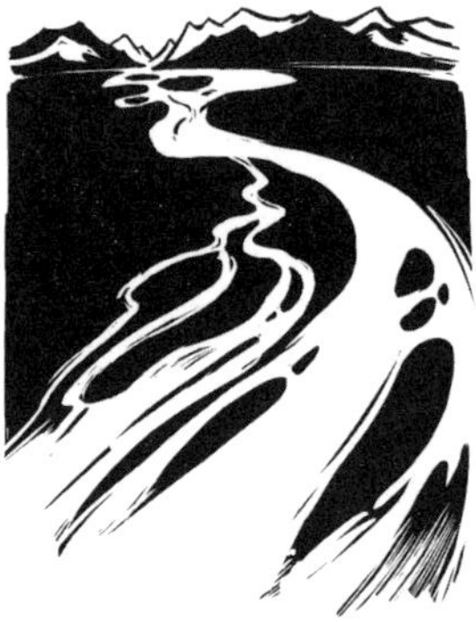

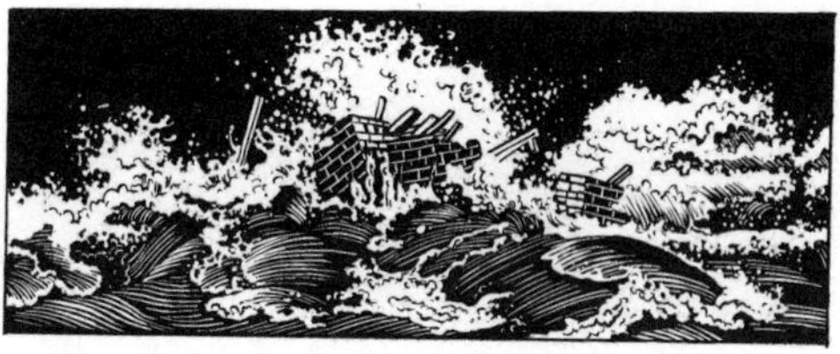

叶尔羌河啊

在枯水季的时候

你是一条

平静温顺的河流

默默地浸润着沿岸的绿洲

这时候的你

碧水微澜

一副人畜无害的样子

河面上一串串的涟漪

犹如姑娘的笑靥

灵动而迷人

你又是一条

浊浪滔天的愤怒之河

这个时候

人与河的关系

变成了

泛滥千年

抗争千年

生命不息

奋斗不止

抗洪抢险

成了你养育的百姓

夏季的波澜

永恒的记忆

连村里的毛驴

也有了同样的记性

只要拉上木材和树梢

不用牵引

不用驱赶

它们就会

自觉地走到水患的现场

千百年来

这里的人们

面对洪水

从不屈服

惊天地泣鬼神

谱写出了一部部民族团结

与洪水艰苦斗争的

个人史诗和时代史诗

每当夏季来临

冰川融化

冰坝坍塌

雪水、泉水和雨水

三水合一

汇成巨流

汹涌澎湃

被深山峡谷钳夹的洪水

犹如疯狂的野兽

咆哮喧天

撞击崖壁

以万钧之力

蓄势而发

一路涤荡

激流涌注沙漠绿洲后

更像一只只

挣脱了牢笼的困兽

四处撒野

四面突击

它们翻越河岸

溃决堤坝

改变河道

村庄被冲毁了

庄稼被淹没了

面对如此的激浪波涌

戈壁沙漠也畏惧了

即便它有着

干涸饥饿的无穷肠胃

也无法接受这漫天淹地的

投送和喂养

浩瀚严酷的戈壁沙漠

变得如此绵柔温顺

任水宰割

任水蹂躏

今天河东

明天河西

河路不分

曲折变换

河里没水便是路

路上有水又是河

其他河流三十年的变迁

叶尔羌河

你在昼夜之间

就可以实现沧桑之变

布伦木沙

一个接近叶尔羌河源头的村庄

二十世纪的最后一场洪水

几乎在一夜之间

吞噬了家园和生命

许多劫后余生的人搬走了

村子也荒芜了

但还是有人留了下来

不为别的

就为了一份挥之不去的记忆

为了一份无法割舍的牵爱

阿依妮莎

一位可怜的塔吉克族女人

在那场灾难中

失去了家园

就在那个漆黑的夜晚

洪水突至

声浪如雷

她也听到了

丈夫的呼唤

和孩子的求救声

那种撕心裂肺的疼痛

让她昏死了过去

醒来时

发现自己

正浸泡在冰冷的水里

只是幸运地挂在了一根树杈上

才免于罹难

她苦苦地等待了一天一夜

在生死之间绝望地挣扎

恍惚间

她看到了一面如火的旗帜

那是八一军旗

在死亡的寂静中

又听到了人的声音

那是解放军的救援队

她在死亡的边缘

看到了生的希望

那一年她还不到四十岁

山里的生活

物资匮乏

与世隔绝

必须习惯与孤独为伴

她之所以留下来

是担心亲人游荡的灵魂

再也找不到她

丈夫需要妻子

孩子需要妈妈

而她也需要他们

哪怕是游荡的灵魂

他们之间

情未了

爱依旧

每一个夜晚

她都会点上一盏油灯

倾情守望

好让他们找到回家的路

每一个黎明

当灯火熄灭时

她的泪水也已流尽

这盏灯的光芒

已经闪烁了二十年

也温暖了二十年

在这一片废墟里

阿依妮莎

这个以家为世界的女人

有着亲人亡灵的陪伴

只有眼泪

不觉孤独

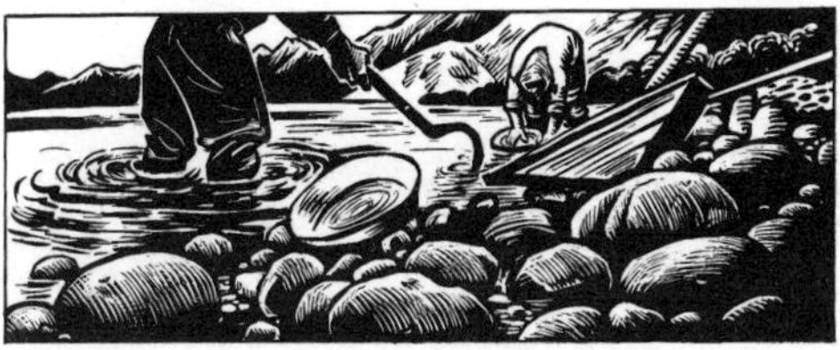

叶尔羌河

有一段又叫泽勒普善河

意思是漂金的河流

在当地世代传唱的歌谣中

就有这样的说辞

茫茫叶尔羌

你是流金的河

问你有多长啊

千里到天国

叶尔羌河

你来自雪国之巅

你是天之骄子

太阳的使者

你没有千里到天国

而是流进了塔克拉玛干

流进了塔里木河

因为你就生在天国

从天而降

带着神的使命

你带来了水

带来了生命

你也带来了金子

带来了财富

带来了梦想

你裹挟着泥沙与黄金

千里奔流

又把这些金子

一路洒落在了

山谷河滩的泥沙里

如果数字可以表示的话

那是一与万的不等式

在泥沙里觅金

犹如大海捞针

但你并非故意为之

对你而言

世间万物皆有灵

泥沙就是金子

金子就是泥沙

没有区别

对人类而言

也是世间万物皆有灵

但泥沙就是泥沙

金子才是金子

金子意味着财富

财富会改变命运

多少个世纪以前

在这天高皇帝远的地方

有许多的淘金客

他们闻风而动

不期而至

他们大多是夫妻

或父子

或兄弟

他们组团而来

在大河的枯水季

沿着河岸

逆流而上

在平整的河滩上

安营扎寨

他们一站一站地挖淘

一直沿着河谷

走进大山的最深处

有些人走进去

就再也没有走出来

这里的河谷之深

崖壁之高

只有正晌午的阳光

会像探照灯一样

一扫而过

这里没有春天

脚下是刺骨的雪水

耳边是凛冽的寒风

山外芳菲的四月天

这里也会飘起漫天的雪花

淘金客们

是一群沉默的劳动者

像山一样的沉默

他们在最恶劣

也是最危险的环境中

寻找着金子

一如要磨砺七十二难

才能取回真经的西游传奇

他们是用绣针

在挖着水井

必须以最大的耐心

最大的毅力

心怀最大的希望

用最敏锐的目光和嗅觉

在一筐筐的泥沙里

在一股股流淌的清水中

在一遍又一遍地冲筛时

在一次又一次地失望后

努力地寻觅着

那闪光的点点滴滴

经常是几天的辛劳

一无所获

一如漫长的跋涉

又走回了原点

他们的最伟大之处

就在于

失望而不绝望

希望的火焰

一直燃烧在他们的内心

终于

在筛网所剩不多的沙层里

看到了

点点刺眼的金色光芒

在清澈的流水中熠熠生辉

有时候

他们不是看到了金屑

而是先闻到了金子的味道

在他们走进峡谷时

已经闻到了这种味道

就像野狼一样

在千里之外

就能够闻到血的味道

尽管那时候

金子还裹在泥沙里

这些淘金客们

在干活儿时

浑身上下

穿戴严实

捂着口罩

戴着手套

灰调土色

人与山石泥沙

浑然一体

他们没有多余的动作

尽量屏住呼吸

节省体能

保持温度

只有这样

才能支撑住

一天十二小时的沉重劳作

才能抵挡住山里的高寒

谈笑只会消耗热量

哼唱是一种极度的奢侈

他们仿佛是

编好了程序的机器人

机械地干活

沉默地劳动

拼命地寻找

他们没有时间概念

却争分夺秒

一刻不懈

因为

留给他们的时间并不多

必须在六月汛期到来之前

带着他们的金子

离开这个死亡之谷

晚饭的时间

这里开始有了烟火气

篝火点燃了

映红了山谷

火舌乱窜

噼噼剥剥地直响

像过年燃放的鞭炮

长木桌上

饭菜已经放好

每一个人的脸上

都洋溢着火色的笑意

有人会长啸一声

仿佛想驱赶走身上的负荷

唤回做人的记忆

感觉自己有血有肉

寂静的山谷里

这样的叫喊

可以声传百里

不用担心会惊醒了宿鸟

这里没有鸟儿

更没有鸟蛋

此刻

远处的雪峰

正由驼红色转成冷灰调

山谷里早已漆黑一团

篝火依旧雄壮

饭菜是粗糙的

米饭馕饼土豆白菜鸡蛋

还有腊肉香肠

还有白酒大蒜

这些都是他们肩拉背扛

带进山的

他们不用骡子

这里没有喂养骡子的草料

他们只好自己做骡子

为自己扛粮食

晚饭后

淘金客们围坐在篝火旁

男人抽着烟

女人聊着天

直到篝火熄灭

寒气中

弥散着浓烈的烟香

余烬中的火星

与狭窄天空上的星星

一起明明灭灭

他们各自回到帐篷

夜深了

人们和大山一起睡去

偶然也会传出

局促的喘息和快乐的呻吟

他们不做暴富的梦

只是在向命运

讨要生活

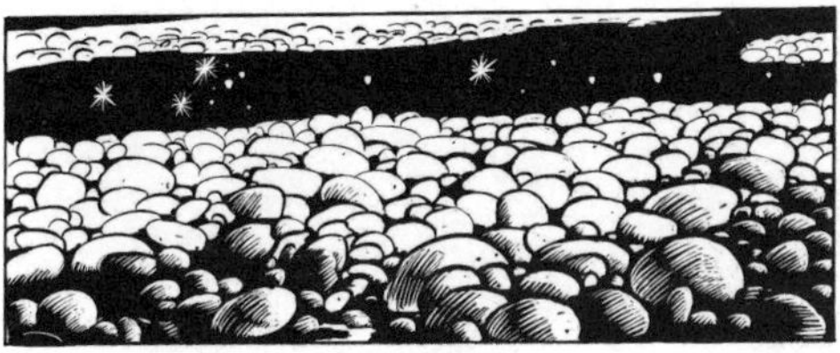

叶尔羌河啊

你是一个聚宝盆

在万千年的吐哺中

你送来了水

送来了金子

也送来了玉石

水

是生命之源

金子

是物质的财富

而玉石

集天地之精华

凝山川之灵气

是一种精神崇拜

信仰寄托

玉石也是礼仪之器

君子之德

是中华文明的肇始

华夏文化的见证

夫何为玉石

黄帝之食

鬼神之飨

君子服之

以御不祥

自从盘古开天地

三皇五帝到如今

华夏的各族民众

都信奉

以玉事神

以玉载礼

以玉比德

灿烂的中华玉石文化啊

一如奔腾的叶尔羌河

生生不息

历久弥新

喀喇昆仑山的无尽玉矿

是地心张力的结晶

是火山熔岩的再一次塑形

千万年来

叶尔羌河的激流

一面像愤怒的拳头

不断锤击着巨大的山体

一面又万般柔情

抚慰着光洁的岩石

使之甘为玉碎

一如被剥开了的石榴

一颗一颗

一粒一粒地

被播撒到更远方

从乔戈里峰下的伊利克

到卡群的出山口

蜿蜒数百里的深谷河床上

沉睡着无数的玉石

它们的梦

五彩缤纷

白蓝绿黄墨

像镶满宝石的勋带

再一次为你高贵的身世

增添了砝码

抹上了光彩

叶尔羌河

你流淌了一万年

这里的玉石

也就在雪液琼浆中

浸润了一万年

所谓美玉天成

天成美玉

你做出了最好的注疏

水

赋予了人类生命

同样地

也赋予了石头生命

有了水

石头都想开花

甚至有了

飞翔的梦想

静卧在河床里的玉石

都在等待

它们似乎也明白

在等待着什么

它们有的

已经在这里

静静地等待了一万年

夜晚它们醒来

透过清澈的水面

看见了璀璨的星空

满天的星星

仿佛倒映在水中

波光粼粼

流光溢彩

犹如万花筒里的

斑斓世界

它们总以为

天上有多少的星星

地上就有多少的玉石

它们和星星

都是孪生兄弟

哪一颗星星

不是在飞翔的石头

哪一颗星星

又甘愿殒落到地上

它们不断地暗自勉励

只要给我机会

我也能飞翔

只是现在不行

我还没有长出翅膀

没有足够的能量

我要让天上的星光

启迪我的智慧

激活我的心性

把我的心火完全点亮

总有那么一天

我会被选中

做起人类的朋友

被匠心所雕琢

因搓揉而温润

为辞藻所溢美

供奉于神祇或艺术的圣殿

那也是一种飞翔

精神的飞翔

所以

每一个晚上

我都要与星星对话

感受遥远的温暖

积累我心中的力量

我相信

星星之火

可以燎原

只要有耐心

有毅力

地上的石头会开花

也能飞翔

我愿为此

再等一万年

星星则对玉石说

我看见了

你那微弱的光芒

随着清澈流水

频频闪动

那不是太阳的反射

也不是星光的回映

那是心灵的火焰

你真是了不起

身陷如此幽暗的峡谷里

还能让世界看到你

对我而言

你是我的兄弟

你就是星星

就是飞翔的石头

你不用再等一万年

你已经飞翔了一万年

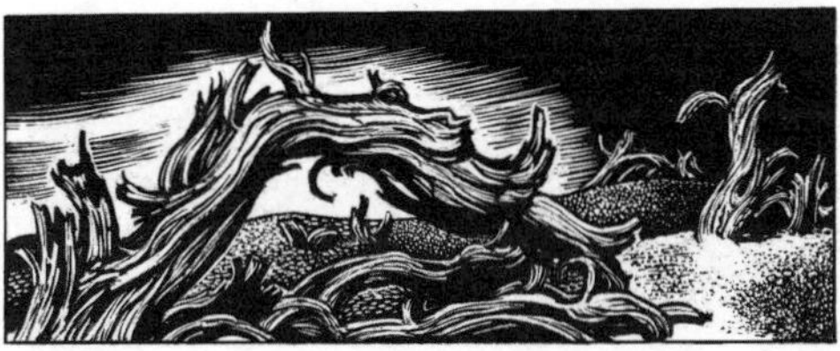

胡杨树林啊

你是戈壁沙漠的宠儿

水的子孙

死亡之海的生命之魂

茫茫荒漠

哪里有水

哪里就有你的踪迹

水流到哪里

你就生长到哪里

仿佛可以跟着天上的云

一直走到天边

最后

自己也成了

地平线上如火的云彩

河流干涸了

水源枯竭了

你就以死殉葬

用千年不倒的伟岸身躯

为沙漠河流

树碑立传

你死去的地方

说明曾经有水流过

你繁茂的地方

河水正汩汩地流淌

你为古今西部的沙漠河流

记录了家谱

建立了谱系

你是写在

荒漠上的《山海经》

叶尔羌河两岸的广袤沙漠

是你梦想的温床

河里奔腾不息的浪涌

是你成长的甘甜乳汁

为了报答

母亲河的养育之恩

春夏之季

天地之间

你用长城般的绿色屏障

抗击风沙

改造生态

守护家园

到了秋天

你又让自己

变成了金色的城堡

用吸星大法

将空气中颤动的阳光

凝固于树干之上

又向太阳借来了

一桶桶金黄色的颜料

你再也没有耐心

去一笔一笔

一层一层地涂抹粉刷

而是跟着感觉

激情撒泼

自由发挥

让你的城堡

里里外外

焕然一新

金光灿灿

光芒万丈

也让养育你的母亲

走向了生命的高光时刻

叶尔羌河的胡杨林

比法国阿尔小镇的向日葵

更具生命力

更具创造性

一个是面对戈壁沙漠

面对干旱

面对死亡

依旧欣欣向荣

辉映天地

一个是伴随着风和日丽

尽享南方风情

彰显出生机勃勃

光彩照人

文森特·凡·高

能够画出阿尔的向日葵

留下跳跃的笔触

耀眼的金黄

呼唤生命

激励自己

也激励别人

但他却画不出

叶尔羌河畔的胡杨林

他纵有千般的冲动

万般的激情

也不会有胡杨林

如铁的意志

持久的耐力

在他的调色板和锡管里

也不会有如此饱和

如此热烈

如此燃烧的金黄色

这里的胡杨林

是任何画家

也画不出来的

它是太阳的馈赠

自然的色彩

大地的艺术

傲然瑰丽的胡杨林啊

你也是一位

伟大美丽的母亲

每年的七八月

树上的种子成熟了

你会让它们随风飘散

带着果叶的清香

在沙漠河流的两岸

在一切有水的地方

开辟新的家园

赓续家族的辉煌

让它们枝繁叶茂

浩瀚如海

曾有人说

你是一位不负责任的母亲

让自己的儿女

满戈壁地流浪

满沙漠地发芽

却又不管它们的死活

试问

有哪一位母亲

能让自己的儿女

生如夏花

立于天地之间

灿若彩虹

成为荒凉之地

最为亮丽

最为灵动的风景线

有哪一位母亲

能够培养出

如此坚韧性格的孩子

上下三千年

冰火两重天

不畏炎热

抗击着45摄氏度的高温

不惧寒冷

忍受住零下40摄氏度的极寒

又有哪一位母亲

能让自己的儿女

生而不死一千年

死而不倒一千年

倒而不朽一千年

这样的母亲

这样的儿女

从艰难困苦中走来

置于死地而后生

带着自身的光芒

走过了三千年

也必将走进永恒的历史

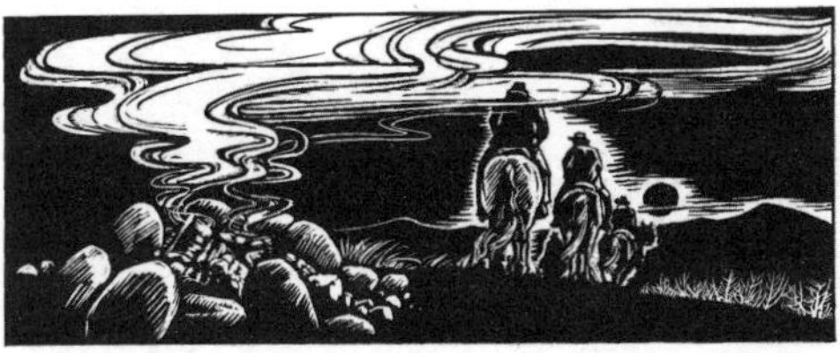

数百年以来

在叶尔羌河下游的戈壁沙漠里

在茂密的原始胡杨林中

在被称为树窝子的阿瓦提

一个自称为刀郎人的游牧部落

神出鬼没

他们以狩猎为生

拾柴为营

迁徙流浪

四海为家

二十世纪六七十年代

在叶尔羌河畔的胡杨林里

依旧能看到他们的身影

看到他们摇晃的车队

在尘土中

留下的辙印和足迹

黎明时分

熄灭了的篝火

还冒着青烟

那是刀郎人告别的方式

也许

他们再也不会回来

在荒蛮的旷野上

无边的夜色里

常常听到他们的歌声

听到他们的长啸和叹息

那缥缈浑厚的声响

仿佛是来自远古的回荡

仿佛是天籁之音

命运多舛的刀郎人啊

你们是谁

究竟从何而来

最终又去了哪里

你们为什么

流浪在

这荒无人烟的叶尔羌河畔

躲进了

与世隔绝的胡杨林

也许已成为一个不解之谜

但即便在如此恶劣的环境中

你们依旧天性活泼

乐于交往

繁衍生息

绵延不绝

不仅保持了自己的语言和习俗

也涵养了自己的文化

你们信奉萨满教

以狼为图腾

身体里

仿佛流淌着苍狼的血液

你们生性彪悍

以一种无望而望的决绝

在不可能中寻求可能

你们与狼共舞

尽显英雄本色

以狼的坚韧

狼的耐力和凶悍

在这荒芜之境

向死求生

但你们又不像狼那样

嗜血残忍

你们善良知足

对天地的有限馈赠

总是心怀感激

又逆来顺受

接受命运的安排

面对生活的千般虐待

从不忧伤

从不抱怨

即便是乞讨

既不卑微

也不哀求

虽衣衫褴褛

尘土满面

但表情坚毅

身板挺拔

犹如一棵

沧桑百年的胡杨树

枝干斑驳

树叶却繁茂鲜活

你们总是与胡杨林

彼此依存

互为见证

你们中的一个个

都是行走的胡杨树

而荒漠上的一棵棵胡杨树

都是站立着的刀郎人

生性乐观的刀郎人啊

你们是天生的舞者

天赋的歌王

每天太阳下山后

你们就会安营扎寨

点燃篝火

一如点亮了心中的希望

这熊熊的火焰

也是在向茫茫宇宙

发出你们生命的信号

紧接着

木卡姆的旋律响起

人们闻声而动

翩翩起舞

放浪高歌

悠扬苍凉的歌声

时而高亢清澈

时而低沉沙哑

情意真切

情感至纯

人生的悲欢

命运的吊诡

天地的无垠

宇宙的沧溟

尽在其中

这无词的咏叹

随着火光的跳跃

穿越了晦暗的夜空

也激活了苍凉的荒漠

感动着

所有听到歌声的人

也温暖了

所有寂寞孤独的灵魂

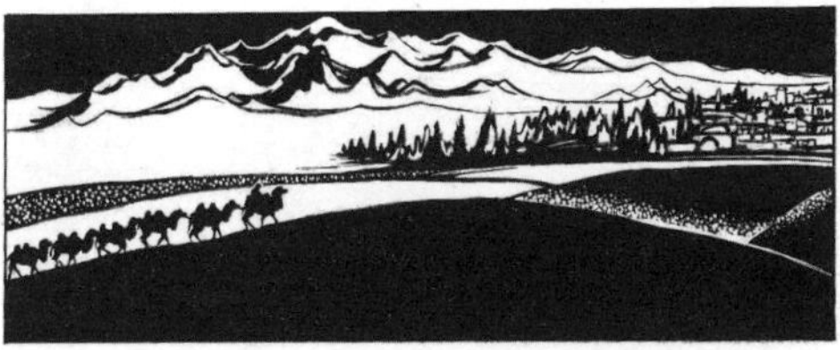

在喀喇昆仑山北麓的山脚下

在塔克拉玛干沙漠的

西南边缘

有一个叫叶城的地方

它是叶尔羌河冲出山谷

呈扇形布阵后

孕育的第一片绿洲

提孜那甫、乌鲁克乌斯塘

棋盘、柯克亚等河流

像无数的琴弦

交响成一首生命的歌

叶城——

一个希望之地

也是一个绝望的迷城

绿色从这里开始

生命在这里孕育

商贾在这里云集

东西方的文明之花

也在这里播种绽放

叶城也是向南

走进喀喇昆仑山的

最后一片绿洲

再向前五十公里

就无路可走了

都是崇山峻岭

都是峭壁深谷

都是冰天雪地

再走就是面对死亡

挑战生理极限

走向生命禁区

叶城仿佛又成了

死亡告别的最后驿站

在历史的幽影深处

叶城就一直闪烁着星火光芒

在张骞的奏折中

这里叫西夜、子合

在《魏书》《北史》里

这里又叫朱居波

合合分分

聚聚散散

曾一度国力强盛

国王敬佛礼佛

笃信大乘

鄙视小乘

僧人愈千

偈文万卷

影响日隆

当年唐僧西行返国

路经此地

在笔记中多有记载

"周千余里

国大都城周十余里

坚峻险固

编户殷盛

山阜连属

砾石弥漫

临带两河

颇以耕植"

布特布尔罕纳

在叶城南边二十公里的地方

就是唐僧驻留过的寺庙

但曾经的佛国盛况

已成既往

唐僧所看到的情景

已是一片凋零

他无不悲痛地

作了这样的记述

"珈蓝数十

毁坏已多"

兴衰成败

万物皆然

从汉武建元

到太宗贞观

再到光绪年间

两千多年过去了

又有一个叫刘锦棠的巡抚

在这里设立了叶城县

所属之地

在维吾尔语中叫喀格勒克

意为乌鸦群集的地方

有鸟就有树

有树必有水

有水就能养人

叶城

一个富有诗意的名字

也是生命的符号

它融合了地貌的特征

树木成林

枝繁叶茂

踩中了四季的色彩节律

赤橙黄绿

五彩缤纷

它的设置

对西域的管理

失地的收复

民族的融合

以及新疆的繁荣发展

至关重要

刘巡抚治疆有方

功勋卓著

当年他为纪念收复南疆

而设立的赛图拉卡

至今依然耸立在

海拔近四千米的新藏线上

离叶城的零公里里程碑

只有三百多公里

它像一位不朽的戍边的战士

人山浑然一体

屹然不倒

叶城就是这样

从历史的深处走来

作为丝绸之路的必由之路

作为捍卫国家统一

与领土完整的前哨阵地

它见证了交流

见证了繁荣

见证了战争

见证了死亡

也见证了沧海桑田

见证了凤凰涅槃

如今的叶城

在历史长河的洗礼中

容光焕发

脱去了陈旧斑驳的外衣

蜕变成了一个美少年

它青春舞动

活力四射

创造了许多奇迹

金果玉叶

铜铁之城

成为西部发展的一个现代传奇

也被誉为中国的核桃之乡

石榴之乡

玉石之乡

歌舞之乡

喀喇昆仑山脉

与帕米尔高原筋骨相连

它们仿佛是上帝

在中亚建造的一道摩天屏障

在东西方之间

垒砌的一堵绝壁高墙

公元前四世纪

马其顿国王亚历山大东征

这位万王之王

在征服了

埃及、波斯、小亚细亚

和两河流域后

又把他尖利的长矛

刺向了印度

这位雄心勃勃的帝王

想把他宽阔的脚步

一直迈到太阳升起的东方

但当他来到喀喇昆仑山脚下

面对它的雄浑壮阔

和磅礴气派

面对它遮天蔽日

绵延不绝的群山雪峰

他的心理和视觉

都产生了巨大的压迫感

从未害怕过的心脏

有了害怕的感觉

征服的欲望和勇气

仿佛被漫天的飞雪

不化的冰川

彻底冻结了

在一路高歌的十年远征后

他终于放弃了梦想

打道回府了

遥想当年

智勇双全的西域都护班超

以不入虎穴

焉得虎子的超人胆略

斩杀匈奴

威震西域

众邦归汉

万国来朝

再现了张骞曾经的辉煌

但当他来到喀喇昆仑山下

巍峨高耸的重峦叠嶂

以一种冷眼向洋的姿态

雄视天下

铺天盖地的冰雪

以巨大的体量和无限的重力

使人窒息

班超终于勒马山前

不言西征

回望广袤无际的戈壁沙漠

和星星点点的绿洲

这位雄才大略的将军

仍旧心有余悸

他和马其顿国王一样

在大自然面前

甘愿臣服

最终也放弃了

进一步西域拓疆的打算

然而

挡住了千军万马的喀喇昆仑山

却挡不住智者的步履

也消弭不了商旅的驼铃

东晋的法显

走过去了

唐代的玄奘走过去了

十六年后

他又九死一生地走了回来

带回了几本真经

却改变了整个世界

无数的东西商贾

牵着他们的马匹和骆驼

走过去又走过来了

他们做着生意

交换着物件

更传播着文化

丝绸之路

一个听起来

多么诗意无限、温润绵柔的名字

但它却是以铁石般的坚硬

在冰寒九重天的凝冻中

靠着一口口的喘息

一步步的挪移

用生命的意志

和死亡的代价

被一寸寸编织出来的哈达

犹如春蚕

在坚冰上吐出的银丝

它的路标是尸体

它的终点

是两个华丽梦想的交融

既然思想可以飞越

文化就不惧路远

既然思想

可以触摸宇宙的边缘

文化就能够像春雨一样

滋润到每一个角落

因为山高水长

文化才会源远流长

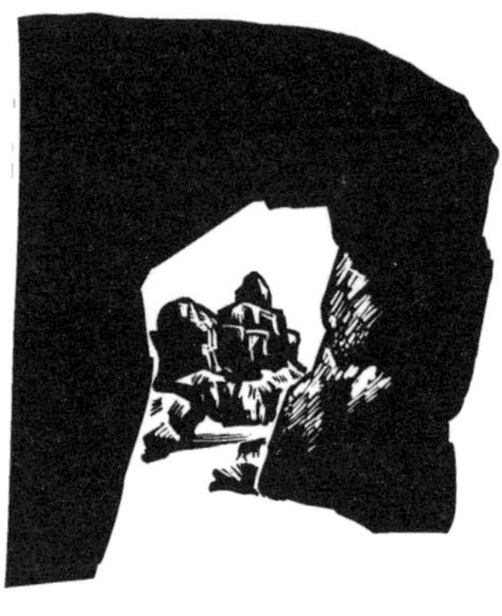

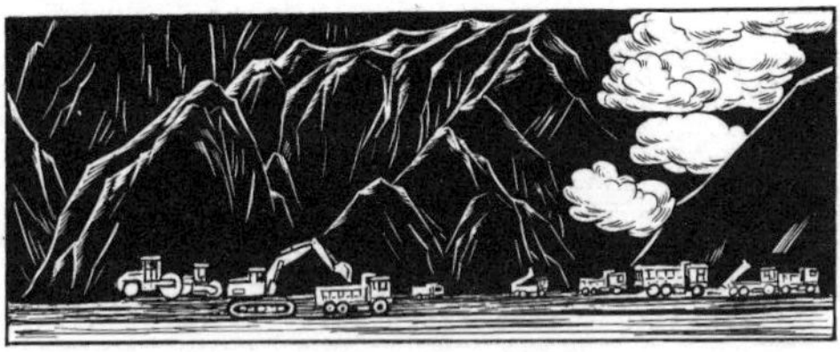

叶尔羌河

你奔流了万千年

是一条狂野的苍龙

或一群脱缰的野马

在崇山峻岭间咆哮

在戈壁沙漠上狂奔

你创造福祉

也带来灾难

多少人

因为你的肆意妄为

失去了土地庄稼

失去了家园

甚至失去了生命

千百年来

悲剧总是在这片土地上

不断地重演

年年如此

周而复始

时间的脚步

终于跨进了1949年

时代变迁

人间换天

我们早已长缨在手

我们更是成竹在胸

终于

可以自信地对叶尔羌河说

——该是缚住苍龙的时候了

你可以咆哮

但要给予我们能量

你可以狂奔

但要按照指定的线路

我们要让你的河水

晕染更多的绿色

浇开更多的花儿

滋养更多的庄稼

让你的浪花

承载更多的欢歌

传递更多的笑语

牵引更多的梦想

我们要让你平静温雅

更有涵养和容量

有更宏大的创造力

更细腻的亲和态

二十世纪五十年代初

国家就开始兴修水利

在叶尔羌河流域的平原上

先后修建了

四十余座中小型水库

小海子、红海子

依干其、苏库恰克等沙漠水库

碧水蓝天

晶莹清澈

宛若一颗颗闪光的

蓝宝石

镶嵌在暗红色的沙毯上

为我们的蓝色星球

又增添了生命的底色

它们不仅成为叶尔羌河

这条奔腾苍龙的休憩港湾

也为水贵如油的戈壁沙漠

保留了更多的生命之源

水丰沛了

鱼儿就多了

用沿河生长的红柳枝

熏烤出来的叶尔羌河鲤鱼

肉嫩味美

香飘四野

黄昏的时候

人们在河滩的沙地上

拢起篝火

篝火仿佛又点燃了夕阳

水天映照

五彩缤纷

游客和村民们在水边

一边载歌载舞

一边品尝着舌尖上的

西域风情

二十世纪八十年代初

卡群引水枢纽的开工礼炮

震醒了沉睡的荒漠

这个融古代智慧

和现代技术于一体的工程

被誉为新疆的都江堰

它由冲沙闸、溢流堰等

十三个建筑体构成

在渠首泄洪闸的南北桥楼上

写着八个大字

南出昆仑

北育绿洲

展示了建设者的美好愿景

和恢宏气魄

它的建成

使叶尔羌河流域的灌区

比原先扩大了一倍

西域的江南

更加郁郁葱葱

绿意盎然

到处瓜果飘香

牛羊成群

目睹此情此景

人们都会情不自禁地唱出

那首脍炙人口的歌曲——

我们新疆好地方呀

到了二十世纪九十年代末

叶尔羌河东西两岸的

输水总干渠落成了

东岸渠长有230公里

西岸渠长198公里

灌溉着450万亩的耕地

它们沟渠相连

纵横交错

这如同给叶尔羌河的躯体

嫁接了无数柔绵的肢体

它像一个卧睡着的千手观音

把甘霖和福祉

洒淋到了村村落落

家家户户

2011年10月10日

一个值得庆祝的日子

新疆最大的水利枢纽——

阿尔塔什水库开工建设

它最大坝高164.8米

总库容为22.48亿立方米

人称新疆的三峡工程

可抵御千年一遇的特大洪水

它集生态保护、

抗洪、灌溉和发电于一身

四位一体

综合开发

一旦全部建成

将更有效地

利用叶尔羌河的水资源

造福于民

同时也彻底解决了

困扰流域的水患问题

两岸民众沉重的抗洪负担

将成为记忆中的故事

直至在记忆中消失

高峡出平湖的人间奇迹

将现身于

西域的戈壁沙漠

它的全部建成

也将为新时代

伟大的民族复兴之梦

增添光彩亮丽的一笔

啊,叶尔羌河

你是一条伟大的河

创造绿洲

滋养生命

你是一条自然的河

绵延千里

奔腾不息

你是一条历史的河

承载文明

辉耀千载

你是一条人工的河

沟渠库坝

重塑河山

咆哮吧

永远的叶尔羌河

奔流吧

永远的叶尔羌河

你的磅礴伟力

汇聚成的时代洪流

也将奔腾不息

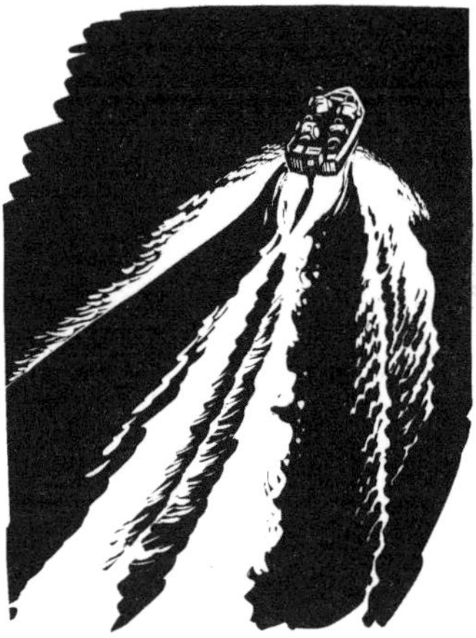

责任编辑　郑心怡
装帧设计　袁由敏　孙琬淑
插图绘制　李小光
责任校对　杨轩飞
责任印制　张荣胜

图书在版编目（CIP）数据

叶尔羌河 / 刘伟冬著. – 杭州 : 中国美术学院出版社, 2025. 3. – ISBN 978-7-5503-3615-5

Ⅰ. I227.3

中国国家版本馆CIP数据核字第2025HN8484号

叶尔羌河

刘伟冬 著

出 品 人	祝平凡
出版发行	中国美术学院出版社
地　　址	中国·杭州南山路218号 /邮编310002
网　　址	http: //www.caapress.com
经　　销	全国新华书店
印　　刷	杭州四色印刷有限公司
版　　次	2025年3月第1版
印　　次	2025年3月第1次印刷
印　　张	6
开　　本	889mm × 1194mm　1/32
字　　数	144千
书　　号	ISBN 978-7-5503-3615-5
定　　价	78.00元